KB231884

송홍만 제14시집

기억 속 실오라기 당기면

국립중앙도서관 출판시도서목록(CIP)

기억 속 실오라기 당기면 : 송홍만 제14시집 / 송홍만. -- 서울 :
한누리미디어, 2010
　 p. ;　 cm

ISBN 978-89-7969-375-1 03810 : ₩ 7000

한국현대시[韓國現代詩]

811.7-KDC5
895.715-DDC21　　　　　　　　　　　 CIP2010003922

송홍만 제14시집

기억 속 실오라기 당기면

한누리미디어

두 번에 걸쳐 입원 치료를 받으며 써 내려온 것이라 병상일기
가 되었습니다.

고통의 순간마다 고통도 상함도 없는 곳(사 65:25)을 바라보며
기도하였고, 절망스러울 때마다 "여호와는 나의 목자시니 내게
부족함이 없으리로다."(시 23:1)를 굳게 믿으며 감사의 기도를 올
리었습니다.

이 시집을 읽으시는 여러분, 항상 건강하기를 바랍니다.

엮어 주신 한누리미디어 김재엽 사장님께 감사드립니다.

감사합니다.

2010. 11. 1

송 홍 만 올림

차례_

9 … 책 머리에

이_ 은색의 빛

19 … 은색의 빛

20 … 녹차를 마시며

21 … 가을 선물

22 … 한 가지 아는 것은

23 … 백발

24 … 담쟁이 덩굴

25 … 꿈의 강

26 … 붉나무

27 … 김포의 유래

28 … 다시 애기봉에서

29 … 광성보 둘러보고

30 … 손돌 이야기

31 … 추수감사절에

32 … 그대로 감사거리

33 … 상한 갈대를 꺾지 아니하며

02_ 기억속 실오라기당기면

37 ··· 사흘 밤 사흘 낮

38 ··· 아파 우는 소리

39 ··· 아이구

40 ··· 한눈에 광교산 다 볼 수 있는

41 ··· 곱게 빚어 주신 이 몸

42 ··· 잠들어 한밤이 지나는데

43 ··· 고사리 손들

44 ··· 해돋이를 보며

45 ··· 마무리하라시는 고개를 넘으며

46 ··· 어찌 하나님 아버지께선들

47 ··· 정겹던 너와 나

48 ··· 성을 따라 걷는다

49 ··· 기억 속 실오라기 당기면

50 ··· 서호에서

51 ··· 옛 성터 둘러보며

52 ··· 허리춤에 매달리며

차례_

03_ 하릴없이 노니는 건가

55 … 절터에 앉아서

56 … 백악산 오르며

57 … 손가락 다섯 개

58 … 창문 여닫는다

59 … 그리도 끔찍한 사랑

60 … 그러려니

61 … 아니려니

62 … 내가 제일 좋다

63 … 말할 수 없는 임의 간구

64 … 진달래 피던 말던

65 … 홀가분하게 걸으며

67 … 하릴없이 노니는 건가

68 … 눈꽃 핀 광교산

69 … 용주사 둘러보고

70 … 약방문(藥方文)

72 … 소나무 숲길 걸으며

04_ 가장아름다운 기다림

75 … 나이 들어 늙어지니
76 … '아침고요 원예수목원' 둘러보고
78 … 가장 아름다운 기다림
79 … 나지막한 동산 하나
80 … 푸르고 싱그러운 잔치
81 … 애기 물결
82 … 오동나무 꽃
83 … 아는 것 신나게 손들 때
84 … 6월의 이른 새벽
85 … 일하며 살련다
86 … 일하러 간다
87 … 난꽃을 보며
88 … 까치수염을 보며
89 … 그늘
90 … 나바위성당 둘러보고

차례_

05_ 넘쳐흐르는 물을 보며

93 ⋯ 한여름 밤

94 ⋯ 넘쳐흐르는 물을 보며

95 ⋯ 백일홍 꽃을 보며

96 ⋯ 양평 청계산 오르내리며

97 ⋯ 그리움이 있기에

98 ⋯ 추읍산 오르내리며

99 ⋯ 한여름 밤의 꿈

100 ⋯ 소나기 삼형제

101 ⋯ 까치와의 대화

102 ⋯ 영인산 오르내리며

104 ⋯ 봉수산 오르내리며

106 ⋯ 소문과는 다르다오

107 ⋯ 매듭

108 ⋯ 연비산 오르내리며

110 ⋯ 구름산 오르내리며

06_ 내 마음 속 방 하나

113 ··· 맑은 물로 넘쳐 흘렀으면

114 ··· 좋으신 하나님 아버지

115 ··· 이웃 사랑의 향기

116 ··· 하룻밤 푹 쉬면

117 ··· 똑바로 걷게

118 ··· 분한 일 만나면

119 ··· 감사할 뿐

120 ··· 내 마음 속 방 하나

121 ··· 초닷새 달

122 ··· 나는 보았습니다

125 ··· 너희도 다 나갈 텐데

126 ··· 아우러진다

127 ··· 옛날 이야기를 읽으며

128 ··· 서두르지도 말고

129 ··· 동네 아줌마

130 ··· 다는 아니네

131 ··· 그걸 못 참고

이

은색의 빛

은색의 빛

눈이 부서 잠이 깼다
팔월 열나흘 달 창문으로 들어왔구나

맑고, 밝고, 그리고 둥근 은색의 빛
밤을 홀로 지키는 순종(順從)의 발광체(發光體)

곱게 물든 담쟁이 덩굴 잎 사이로,
내 꿈 속 사이로 속속 스며들어 왔구나

바람 차가워진 새벽 창문 앞에서
눈부신 달님 그리워 머뭇거리고 있다.

(2009. 10. 2)

녹차를 마시며

이른 새벽 차를 다려 잔에 붓는 순간 풍겨나는 향기
조카 내외의 고마운 마음씨로다.

잔 잡은 손끝에 전해지는 따사로움
혀끝에 느껴지는 향기로움

"고요히 앉아 차를 반이나 마셨는데
향기는 처음같고
그 향기 안에 고요한 맛이 우러나옴에
물이 흐르고 꽃이 핀다네"

풀벌레 소리와 차 향기 속에
마음 한 자락 다 젖는다.

(2009. 10. 4)

* 정좌처다반향초 묘용시수류화개-추사/ (靜坐處茶半香初 妙用時水流花開-秋史)

가을 선물

들국화 한 다발 처제(妻弟)가 들고 와
막내 딸은 유리 그릇에 물 담아 띄워
한 송이 한 송이 더욱 아름답다.

둘째 처남(妻男) 내외(內外) 유통되지 않는 양주와
정성 묻어나는 안주 내어놓아 원 없이 먹고 나니
술 향기에 흠뻑 젖는다.

이른 새벽 고운 마음씨 담은 선물
한 가지 한 가지에 따스한 정을 손으로 느끼는데
녹차 향은 그윽하고 한가위 둥근 달 중천(中天)이다.

(2009. 10. 4)

한 가지 아는 것은

돋보기 벗고 신문 읽는 것을 보고
백내장과 녹내장 수술을 어느 병원에서,
어느 의사가 치료했으며,
그의 전문은 무엇이냐 묻는다.

그 의사가 누구이며, 전문이 무엇인지 모르나,
한 가지 아는 것은
물로 닦은 유리창처럼 잘 보이는 것이라 하고 나니
나의 어리석음을 또 깨닫는다.

(2009. 10. 6)

백발

아주 오랜만에 거울 두 개로
머리의 뒤, 양 옆, 그리고 위를 보고 놀랐다.

앞만 보고 "아직은" 했는데
머리는 희고, 거의 빠져 속이 들여다보인다.

"백발(白髮)은 영화의 면류관이라."
"늙은 자의 아름다움은 백발이니라."

"백발이 될 때까지
내가 너희를 품을 것이라."

주여!
주신 은혜(恩惠) 감사(感謝)합니다.

(2009. 10. 7)

*잠언 16장 31절, 20장 29절, 이사야 46장 4절 말씀

담쟁이 덩굴

몇 해 전 어린 고사리 손, 한 뼘 한 뼘 기어올라 창문을 덮더니
심장모양의 잎이 피어나, 잎 겨드랑이에 녹색 꽃이 피어
가을이면 자색의 동글동글 열매, 밤낮으로 잎을 곱게 물들인다.

가지 사이사이, 잎 사이로 별님 달님 찾아와 정겹게 속삭여 주고
비 내리는 밤이면 내 소원 방울지고
기쁘거나 슬픈 날이면 눈물 씻어 준다.

한 잎 한 잎 지고 난 덩굴에 유난히 빛나는 별들
이어지는 이야기 꽃이 되어
길고 긴 겨울 밤 함께해 주리라.

항상 함께하시는 임,
곁에 계심 깨달아 힘을 얻으니
기쁘고 즐거운 마음 또닥거려 주신다.

(2009. 10. 16)

꿈의 강

풀잎 아침이슬, 나뭇잎에 방울
작은 옹달샘이 되었습니다.

산골짜기 정겨운 이야기, 아래로 흘러, 흘러
그리움의 강이 되었습니다.

아름다운 산 그림자, 흘러가는 흰 구름, 빛나는 별님
마음의 강이 되었습니다.

꽃 만발한 산, 맑고 밝은 저녁 노을
꿈의 강이 되었습니다.

(2009. 10. 18)

붉나무

단풍철 길 막혀 먼 산 못 가고,
가까운 얕은 산 기슭을 걷다 보면,
붉은 색 곱게 물든 나무를 만난다.

붉나무(Rhus javanica),
보기에 하도 고와 잎 서너 개를 따오니
아내는 접시 물에 담가 놓아 집안이 환하다.

옻나무와 비슷하고, "분나무"라 부르기도 하며,
겨울이면 아버지 손발 터진 틈에
이 나무 진을 내어 바르시곤 하셨다.

볼수록 붉은 빛,
보고 있노라면,
온몸에 힘이 생긴다.

(2009. 10. 19)

김포(金浦)의 유래(由來)

양천(陽川) 고을 공암(孔岩) 마을에 의(義) 좋은 형제
어느 날 배를 기다리다가 동생이 금 덩어리 두 개를 주워서
한 개를 형에게 주었다.
배가 강 한가운데쯤 이르렀을 때 동생이 금 덩어리를 던져 버렸다.
연유를 묻는 형에게 "우리가 다 같이 가난했기에 의 좋게 살았는데,
부자가 되면 더 큰 욕심이 생기고, 남남이 될 것을 생각하니
저것이 싫어지고 무서워졌다" 하니.
"네 말이 옳다. 나도 그렇게 생각했다" 하며 형도 던져 버렸다.

사람들은 금 덩어리를 던진 포구라고
"투금포(投金浦)"라 부르다가 "김포(金浦)"라 불렀단다.
"내가 주운 것을 왜 형에게 주었나."
"내가 형인데 다 주지 반만 주어."
이어지는 욕심, 끝내는 죽이고 싶었을 게다.
"보물이 있는 곳에 마음도 있다." (마6:21) 말씀하셨지.

(2009. 10. 27)

다시 애기봉(愛妓峰)에서

병자호란(丙子胡亂)이 나자 평양감사(平壤監司)는
정인(情人) 애기(愛妓)와 한양(漢陽)으로 피해 오다가
오랑캐에게 잡혀가고 애기는 저 강을 건너와 살면서
허구한 날 이 봉우리에서 감사가 돌아오길 기다렸단다.
애기가 병들어 죽자 마을 사람들은 "죽어서도 서서 기다린다고
세워 묻어 달라"는 대로 세워 묻어 주었다지.
애기(愛妓)의 한(恨)은, 6.25 동란으로 저 강 하나 사이에 두고
오가지 못하는 일천만 이산가족(離散家族)의 한(恨)과 같다며
박 대통령은 이 산봉우리를 애기봉(愛妓峰)이라 명명(命名)하며
한(恨)과 한(恨)을 위로하셨다지.

바사왕 고레스와 같이 하나님께로부터 명령을 받은 자가
하나님의 자녀 다 올라가라 하실 때(대하36:23)
한 임금이 모두 다스리게 할 때(겔37:22)
형제가 연합하여 동거함이 어찌 그리 선하고 아름다운고(시133:1)
우리도 이렇게 노래하리라.

(2009. 10. 27)

광성보 둘러보고

갑곶진, 초지진, 덕포진과 더불어 강화해협을 지키는 요새,
광성보(廣城堡).
1871년 4월 23일 미군함대의 침공으로 치열한 48시간의 전투,
신미양요(辛未洋擾)의 현장.
중장군(中將軍) 어재연(魚在淵) 휘하의 군사들
필사항전의 결의로 싸우는 모습
나라 지킨 고운 마음씨에 가슴 뭉클한다.

쌍충각(雙忠閣), 어재연, 어재순(魚在淳) 형제의 비각,
알아볼 수 없는 님들의 시신을 모신 무명용사묘(無名勇士墓),
이제는 고이고이 잠드소서.

그때 뺏어 간 수자기(帥字旗)
얼마 전 빌려왔다지.

(2009. 10. 27)

손돌(孫乭) 이야기

고려 고종 몽고 침입으로 강화로 몽진하면서
손돌(孫乭)이 노젓는 배를 타고 강화해협을 지나는데
앞이 산으로 막혀 뱃길 없는 곳으로 향하여
임금님 초조한 끝에 뱃길 바로잡으라 하나
손돌은 조금만 가면 앞이 넓어진다네
임금님 끝내는 참수하라 명을 내렸으나
손돌은 배 앞에 바가지 띄우고 따라가라 당부한다.
당부대로 하여 무사히 당도한 임금님 잘못 뉘우치며
충직한 손돌의 넋을 위로했다지
죽기까지 맡은 일에 정성을 다하여
선사 손돌(船師 孫乭)로 받들고
"손돌목", "손돌의 바람", "손돌의 추위" 발자국을 남기셨네
"선을 행하다가 낙심하지 말라." (살후3:13)
말씀을 전하여 주는구나.

(2009. 10. 27)

추수감사절에

감사할 거리를 잊은 것도 감사하다
하나하나 다시 생각하며 감사하기 때문이다.

말씀 들으면서야 생각나도 감사하다
아주 잊어버리지 않았기 때문이다.

광야만 생각나도 감사하다
지나온 광야를 돌아보며 눈물로 감사하기 때문이다.

십자가만 생각나도 감사하다
이처럼 사랑하시는 주님께 감사하기 때문이다.

(2009. 11. 15)

그대로 감사거리

감은 감대로 감맛이 나고
밤은 밤대로 밤맛이 난다.

귤은 귤대로 귤맛이 나고
배는 배대로 배맛이 난다.

감 밤 그대로 감사거리요
귤 배 그대로 감사거리다.

(2009. 11. 19)

상한 갈대를 꺾지 아니하며

"상(傷)한 갈대를 꺾지 아니하며
꺼져 가는 등불을 끄지 아니하고"(사42:3)
복(福)된 말씀 들려온다.

광야에서 바람에 흔들리는 지조 없는 갈대(마11:7)
물속에서 흔들리는 배신의 갈대(왕상14:15)
가시관 씌우고 오른손에 드리운 조롱의 갈대(마27:29)
애굽을 믿는 상한 갈대 지팡이(사36:6)
이것이 내가 살아온 나의 갈대로다.

동족을 종살이에서 이끌어 낼 어린 모세를
갈대 상자로, 갈대 숲으로 숨겨준 갈대(출2:3)
이렇게 크게 쓰임 받은 갈대도 있건만.

파스칼(Blaise Pascal)이 말하는 "생각하는 갈대"
펄벅(Peal. S. Buck)이 말하는 "살아있는 갈대(Living Reed)"
그래서 나도 그런 줄만 알았는데.

일흔이 지나는 삶의 역경 속에서 삭아지는 갈대,
한밤을 지새우고 아물거리는 등불,
이것이 오늘의 늙고 초라한 나의 모습.

주님은 꺾지 아니하시고, 끄지 아니하실 뿐만 아니라
상처를 치료해 주시고, 심지를 돋아 주시어
세상 끝날까지 항상 함께 계시리니(마28:20)
은혜로다, 은혜로다,
주님 주시는 은혜로다.

(2009. 11. 29)

02

기억 속 실오라기 당기면

사흘 밤 사흘 낮

해가 지고 다시 뜨면 하루 밤이 지나고
해가 뜨고 다시 지면 하루 낮이 지나곤 했는데

해가 지고 다시 뜰 때까지는
아픈 순간이 수 없이 지나야 하고
해가 뜨고 다시 질 때까지도
아픈 순간이 수 없이 지나야 했다.

"내가 주의 목전에서 쫓겨났을지라도
다시 주의 성전을 바라보겠나이다." (욘2:24)

내 마음대로 종횡무진(縱橫無盡) 말게 하소서 간구하니,
사흘 밤 사흘 낮 아픔 속에서 벗어나는구나.

(2009. 12. 9)

아파 우는 소리

며칠째 밤마다 아파 울며 지내는데
어디선가 갓난아기의 아파 우는 소리가 들린다.

어느 집 애기가 저리 울까 궁금해
창문 열고 보아도 불 켜진 집이 없다.

다음날 아침 집사람에게 물으니
고양이가 그리 슬피 운단다.

땅굴 하나 팔 수 없는 인색한 인심
내가 아프니 고양이 아파 우는 소리가 들린다.

(2009. 12. 16)

아이구

아플 때 나오는 소리
누구나 이 한 마디의 이어짐

"아이구" "아이구"
무슨 뜻일까

"아이구 어머니" "아이구 어머니"
어려서는 조금만 아파도 어머니를 불렀는데

"아, 내 마음대로 하니 이런 거로구나"
라는 걸까

"아, 이제 구하여 주소서"
라는 걸까

(2009. 12. 18)

한눈에 광교산 다 볼 수 있는

한눈에 광교산 다 볼 수 있는 넓은 창가
병상에 누워 있다.

넓은 하늘, 긴 산줄기
한 가닥, 한 가닥 찬송이 가득 들려 온다.

눈이 있어도 보지 못하던 것
귀가 있어도 듣지 못하던 것

감사하는 마음 넘쳐 흐르니
시(詩) 한 수 이어진다.

(2009. 12. 19)

곱게 빚어 주신 이 몸

임께서 곱게 빚어 주신 이 몸
살아오며 때 묻히었나이다.

그리도 고운 흙 한줌에
임의 생기까지 넣어 주셨건만.

얼룩진 몸, 어리석은 마음
방황했을 뿐.

빛을 발해야 하는 자리나,
소금이 되기를 피하였나이다.

(2009. 12. 19)

잠들어 한밤이 지나는데

병상에서 잠들어 한밤이 지나는데
쉴 사이 없이 재어가고, 짜가고, 적어간다.

어릴 적 하도 더워 개울가 나무 그늘 아래 잠이 들면
개미 파리가 눈, 입, 코 핥아 가던 생각이 난다.

깊은 잠에 빠져 버릴까 애써 주는 모습
예나 지금이나 한 가지로구나.

(2009. 12. 21)

고사리 손들

세 딸들이 어릴 적에 내가 아파 누우면
시새워 친구들 데리고 와

고사리 손으로
기도하던 모습

내 딸들 자라서 삶에 매었듯이
그 고사리 손들 힘써 일하겠지

일하는 부지런한 손들이
지금 보이는 듯하구나.

(2009. 12. 24)

해돋이를 보며

아주대학교 병원은 동서로 길고 높아
중간 복도 동쪽에선 해돋이를,
서쪽에선 해넘이를 볼 수 있다.

용인 부아산(負兒山) 가운데 봉우리 위에
둥근 해가 올라앉은 순간을 보았다.

해돋이를 본다고 여기저기 따라다녔으나
구름 속에 날이 새었다.

(2009. 12. 26. 07:50)

마무리하라시는 고개를 넘으며

병상에서 고통의 순간이 지나는 사이사이
살아 온 길이 돌아 보인다.

바닷가 시골 소탈(疏脫)한 집안에 막내로 태어남
하나를 배워 간신히 하나를 아는 우둔(愚鈍)한 두뇌
늦게 맞이한 임을 머리로, 가슴으로, 그리고 몸으로 더듬어
안으로 안으로만 기쁘고 즐겁게 하여 주심
모두가 주님의 은혜로다.

매무새 곱게 물들이는
마무리 하라시는 고개를 넘으며
일상(日常)을 접고
감사에 넘쳐 때마다 시(詩)를 지어 즐거이 읊으리니
아름다운 몸과 마음으로 부르심 받게 하옵소서.

(2009. 12. 26)

어찌 하나님 아버지께선들

아픈 고개를 넘을 때마다
낳아 길러 주신 아버지 어머님 꿈속에 오신다.

어젯밤에도
태어나 자란 고향집 큰 사랑방에 두 분 오셨다.

지금쯤엔 두 분 연만하시고
나 또한 어린 아이가 아니건만

어찌 하나님 아버지께선들
아픈 나를 보고만 계시랴.

(2009. 12. 27)

정겹던 너와 나

오랜만에 포근하게 쌓인 눈
창문 열고 반갑게 보는 순간

정겹던 너와 나
시신(屍身)처럼 차가워 보인다.

의심스러워 다시 창문 열고
자동차 뒤덮은 너를 보아도 마찬가지다.

내 몸이 약하니
모든 것이 달라지는구나.

(2010. 1. 4)

성을 따라 걷는다

성 위의 길로, 성 안의 길로, 때로는 성 밖의 길로
성을 따라 걷는다.

빠르게 가도 되고, 천천히 가도 되고, 아니 가도 되는
성을 따라 걷는다.

비가 내리나, 눈이 내리나, 추우나, 더우나
성을 따라 걷는다.

떠오르는 사람들과 정겨운 이야기 주고받으며
성을 따라 걷는다.

이만큼 건강한 모습으로 기쁘고 즐겁게
화성(華城) 따라 걷는다.

(2010. 1. 21)

---

*화성은 수원 시내에 있으며 조선 제22대 정조대왕 때 쌓은 성이며, 세계문화유산에 등록
 되었다.

기억 속 실오라기 당기면

산도 들도 그리운 사람도 가 버린 고향
그래도 그리워 찾아가 기억 속 실오라기 당기면

초가집 추녀에 눈 녹은 물이 고드름 타고 떨어지고,
사랑방에는 아버지와 어르신들,
작은 사랑방에는 형님과 동네 형들,
안방에는 어머니와 동네 아주머니들,
그리고 부엌에는 형수와 누나.
외양간 누런 소는 쉬지 않고 되씹으며,
닭장에선 장닭이 활개치며 울어대고,
왕자처럼 반겨주던 그리운 사람들.
앞산, 뒤뜰, 정겹게 흐르던 개울
하나하나 이어져 나온다.

(2010. 1. 23)

서호(西湖)에서

누에가 뽕잎 갉아 먹듯 해마다 갉아 먹혀도
아름다운 산은 아직도 남아 있나 보다.

그 여기산(麗妓山) 기슭 아득한 옛날 조상님 살던 터에서는
벼농사 지으며 따스한 온돌방에 산 흔적 나왔다지.

원래의 이름 "축만제(祝萬堤)" 접어두고 애칭(愛稱) "서호(西湖)"
물 속에서 나온 쌍쌍 오리 얼음 위에서 사랑의 기도를 한다.

항미정(杭眉亭), "서호(西湖)는 항주(杭州)의 미목(眉目)같다"
동파(東坡)의 시귀(詩句)의 일부라지

"서호낙조(西湖落照)", 수원팔경(水原八景)의 일경(一景)
언제쯤 보게 될까

(10. 1. 30)

---

*조상님 살던 터―서둔동 선사유적지(西屯洞 先史遺蹟址)
*동파(東坡)―北宋의 詩人 소식(蘇軾, 1036~1101)의 호(號)

옛 성터 둘러보며

아직도 완연(完然)한 토성, 고려 때부터 있었던 치소성(治所城),
수원 고읍성(水原古邑城)
화산(花山) 줄기 타고 융건릉(隆健陵) 지나
아늑하고 양지바른 옛 고을 둘러 있다.

모수국(牟水國-馬韓), 매홀군(買忽郡-高句麗),
수성군(水城郡-新羅), 수주(水州-高麗), 수원(水原-朝鮮)
그 아름다웠던 동헌(東軒), 운금루(雲錦樓), 진남문(鎭南門)
남산(南山-禿山-洗馬臺)은 알고 있겠지

부지런히 일하며 착하게 살았을 조상님 모습.
내 몸보다 백성(百姓)을 더 사랑했을 사또님
솟아오르는 아침 햇빛,
비 내린 뒤 움 돋는 새싹 같은 마음씨였겠지.

(2010. 1. 30)

허리춤에 매달리며

청계산(淸溪山) 북편(北便), 줄기줄기 허리 질러
서울대공원 산림욕장(山林浴場)을 걷는다.

어머니 치마 한 폭 한 폭을 잡고 돌아
어린 시절에 다다른다.

외갓집 같이 가자고
허리춤에 매달려 졸라댔지.

이어지는 숲 속 길가에는
긴 의자가 정겹게 비어 있다.

고개 들어 바위 봉우리 바라보니
해는 뉘엿뉘엿 지고 있다.

(2010. 2. 1)

03

하릴없이 노니는 건가

절터에 앉아서

오랜만에 광교산 갔다 내려오는 길에 옛 절터 큰 돌 위에 앉았다.
다시 절을 세우려는지 속살이 드러났다.
굶주린 스님에게 학이 쌀알을 물어다 주어 미학사(米鶴寺) 터라고
오래 전에 한 노인이 넌지시 알려주었지
고려 말 신돈(辛旽) 때문에 착한 스님들 받은 고통 짐작이 간다.
"중 죽여 살인이냐" 세간에 퍼지며 절과 스님의 수난
그로 인해 폐허가 되었겠지

창산(彰山) 기슭 창성사(彰聖寺),
서봉산(瑞峰山=광교산 시루봉) 남록(南麓) 서봉사(瑞峰寺)
그 많은 절터
그러나, 충직(忠直)한 어느 불자(佛子)
불신(佛身), 탑신(塔身) 고이 묻었으리라.

이 일 저 일 생각하는데 해 그림자가 재촉을 한다.

(2010. 2. 3)

---

* 신돈(辛旽, ?~1371) 고려 공민왕 때 중. 왕의 신임을 받아 교만 방탕 음란하다가 결국 역모
로 수원감영에서 처형됨.

백악산(白嶽山) 오르며

성균관대학교 뒤편 와룡공원(臥龍公園)에서
성곽 따라 숙청문(肅淸門－北大門)을 지나
백악산(白嶽山－北岳山)에 올랐다.

40여리(18㎞) 성곽으로 둘러 있는 서울
한눈으로 굽어보니 옹골차고 아름답다.

아버지 따라 전차(電車) 타고 종로에 오가며 눈여겨보았고,
법원에 근무하며 이 산 바라보면 어린 시절 떠올랐지
그 산을 오늘에야 올라왔구나.

북한산(三角山), 도봉산, 수락산, 불암산, 관악산 멀리서,
낙산, 남산, 안산, 인왕산 가까이서 반겨주나,
서둘러 창의문(彰義門－紫霞門－西北間 小門)으로 내려왔다.

(2010. 2. 5)

* 법원은 덕수궁 옆에 있었음
* 백악산은 청와대 뒷산임.

손가락 다섯 개

연희야 연희야
예쁜 손가락 다섯 개
꽃을 그릴래 나빌 그릴래

연희야 연희야
예쁜 손가락 다섯 개
피아노 칠래 바이올린 칠래

연희야 연희야
예쁜 손가락 다섯 개
벌써 잠들어 꿈나라 거니네

연희야 연희야
예쁜 손가락 다섯 개
착한 일 하라시네 좋은 일 하라시네

(2010. 2. 7)

* 연희는 외손녀 임연희(2010년 1월 4일생)

창문 여닫는다

펑펑 흰 눈이 쏟아지니
하늘과 땅에 꽃송이 가득
혹시나 봄이 뒤따라 오는가
창문 여닫는다.

아직 봄은 이른 줄 알면서
어린 시절 아니 돌아올 줄도 알면서
그래도 봄이 서둘러 오는가
창문 여닫는다.

(2010. 2. 13)

그리도 끔찍한 사랑

보기 힘든 추위와 폭설 견디어 낸 봉분들
덮인 눈 반쯤 열고 자손들 반기는 문봉묘원(文峰墓園)

그리도 끔찍한 사랑을 베푸신
장인 장모님 잠드신 곳

한국동란 일년 전 황해도 연백(延白)에서
어린 남매 손잡고 보은전매서(報恩專賣署)로 전근(轉勤)

그 사랑 까맣게 잊고 지내온 불효
서럽고 서러워 무릎 꿇고 소리 없이 통곡

멀리 아주 멀리, 가까이 아주 가까이 웃으시는 모습
번뇌랑 다 내려놓으시고 고이고이 잠드소서
장인(丈人) 장모(丈母) : 김응천(金應天) 김순인(金順仁)
어린 남매는 김활민(金活民)과 김민자(金敏子)

(2010. 2. 17)

그러려니

막내 딸이 '하모니' 영화를 보러 가자 하기에
그러려니 여겨주며 부부가 따라 나섰다.

식당 종업원의 짧은 치마 보고 놀랐다간
그러려니 하니 마음이 편하였다.

그러려니 여겨주며
아니려니 들어주면 편하다.

여자 교도소 안에서 사형수들의 합창단
민우와 그 어머니, 지휘자의 불쌍한 사연

영화는 영화이려니 하고 보면 되는 것을
가랑비에 옷 젖듯이 턱까지 눈물 흘린다.

(2010. 2. 23)

아니려니

나이 들어 약해지니
생각마저 힘이 든다.

보이는 대로 들리는 대로
내 나름으로 여길 일 아니다.

아니려니 하면서도
그러려니 여길 일이다.

(2010. 2. 24)

내가 제일 좋다

이른 새벽 빗소리에 창문 여니 흙 향기 물씬
어린 시절 소나기 만나 땅에서 올라오던 그 향기
비가 그치니 새들은 활기차게 지저귀며 날라 오르고
숲에서 뻐꾸기 반갑게 부른다.
춥고 눈 많이 내린 겨울 지나고 따뜻한 봄이 찾아오니
내가 제일 좋다.

"솔개는 날라서 하늘에 닿고 물고기는 즐거운 듯 못에서 뛰네"
(鳶飛戾天 魚躍于淵)
"오직 여호와를 앙망하는 자는 새 힘을 얻으리니
독수리가 날개 치며 올라감 같을 것이요"(사40:31)
약해진 몸과 마음 소생(蘇生)하여
보이는 것이 다 활기(活氣)차니
내가 제일 좋다.

(2010. 2. 25)

* 연비려천 어약우연(鳶飛戾天 魚躍于淵)－詩經 大雅 旱麓編

말할 수 없는 임의 간구(懇求)

내 마음에 죄악 가득하고,
생각하는 모든 것이
항상 악함을 보시고
나를 지으심을 한탄(恨歎)하신
하나님(창6:5-7 말씀)

나쁜, 나쁜, 나쁜 사람은
나뿐, 나뿐, 나 하나뿐이건만
오직 성령님은
말할 수 없는 탄식으로 간구하시어(롬8:26)
내 몸과 마음 이렇게 살리셨네.

(2010. 3. 1)

진달래 피던 말던

어려서는 야트막한 산에
진달래 배고파 찾아 다녔고

젊어서는 이름난 산에
진달래 보려고 다녔는데

늙어서는 이 산 저 산
진달래 피던 말던 다닌다.

(2010. 3. 2)

홀가분하게 걸으며

'길 위의 인문학' 탐방자 선정이 되지 못해
서울 성곽 길 따라 동대문, 혜화문, 숙정문
그리고 삼청공원을 홀가분하게 둘러보았다.

흥인지문(興仁之門, 동대문)
"동쪽을 일으킨다" "땅 기운을 돋우려고 넉자(字) 현판을 걸었다"

혜화문(惠化門, 동소문)
여진(女眞)의 조공사신(朝貢使臣) 오가던 문

숙정문(肅靖門, 북대문)
열면 음기 번성하여 장안의 부녀자들 놀아나 항상 닫아둔다지

삼청동(三淸洞)
삼청전(三淸殿, 道敎의 三淸道觀)이 있는 곳,
산 맑고, 물 맑고, 사람의 마음 맑다지(山淸, 水淸, 人淸)

"북촌생활사박물관(北村 生活史博物館)"
어린 시절 보고 쓰던 물건들에 향수(鄕愁)가 어린다.

"북촌동양문화박물관(北村 東洋文化博物館)"

고불(古佛)께서 사시던 터인데
경복궁(景福宮) 강령전(康寧殿)에 드셔서도
세종대왕(世宗大王)님은
이 집에 불이 켜 있으면 침소(寢所)에 드시지 않으셨다니
그 임금에 그 신하, 만고(萬古)에 훌륭하신 군신(君臣)이시네.

산 맑고, 물 맑고, 그곳에 사는 사람의 마음 맑음을
마음 속에 그리며 돌아오는 길 서둘렀다.

(2010. 3. 8)

* 고불(古佛)은 맹사성(孟思誠, 1360~1438)의 호(號). 세종대왕 때 재상 청백리이시다.

하릴없이 노니는 건가

하던 사업 휴업하고
개울 따라 산을 찾아 두루두루 거닐었다.
하릴없이 노니는 건가

겨울나무 잔가지에 아른거리는 봄기운
달래 냉이 꽃다지 향기로운 봄 내음에 즐거운데.
하릴없이 노니는 건가

(2010. 3. 8)

눈꽃 핀 광교산

"광교적설(光敎積雪)"
눈꽃 핀 광교산(光敎山), 수원팔경(水原八景) 중 하나.

잎사귀 떨군 나뭇가지는 알맞게 쌓인 눈을 견디는데
버리지 못한 소나무 가지는 휘어지다 못해 꺾어지고, 쓰러졌다.

눈꽃 속을 걸어 산을 오르니
꿈속 같은 순백(純白)의 어린 시절 하얀 나비 되어 잠든다.

(2010. 3. 10)

용주사 둘러보고

성황산(城隍山) 남쪽 기슭 갈양사(葛陽寺) 터
용이 여의주(如意珠)를 물고 승천(昇天)하는 대왕의 꿈
용주사(龍珠寺)라 한다지

화산(花山) 기슭에 옮겨 모신 아버님 능침(陵寢)
수호(守護)하고 재(齋)를 올리기에 여느 사찰과 다르구나
홍살문, 천보루(天保樓) 돌기둥, 대웅보전(大雄寶殿) 장대석기단,
삼문 좌우에 줄행랑, 부모님 위패를 모신 호성전(護聖殿)

"휘영청 달이 밝아 강산은 고요한데
터지는 웃음소리 천지가 놀라겠네"
(孤輪獨照江山靜 自笑一聲天地驚)
천보루 돌기둥에 선시(禪詩) 한 구절이 가슴에 닿는구나

(2010. 3. 12)

* 갈양사—신라 문성왕(文聖王) 16년(854)에 창건.
* 대왕—조선 22대 정조대왕.
* 선시 한 구절—서산대사(西山大師)가 지은 선시

약방문(藥方文)

우리 회장님 챙겨주신 약방문 다섯 첩
누구에게나 효험(效驗) 있는
양약(良藥) 처방전(處方箋).

"여호와를 경외(敬畏, reverence)하라"
스스로 지혜롭게 여기지 않게 되고 악에서 떠나게 되어
골수(骨髓)를 윤택(潤澤)하게 한단다.(잠3:7-8)

"지혜로운 자의 혀가 되라"
지혜로운 자의 혀와 같이 말을 하여
듣는 사람의 가슴을 칼로 찌름 같은 말을 아니한다.(잠12:18)

"충성된 사신(使臣)이 되라"
맡은 일에 몸과 마음과 정성을 다하게 되어
악을 행하는 사자(使者) 노릇을 아니한다.(잠13:17)

"선(善)한 말을 하라"
같은 말이라도 착한 말을 하면
듣는 사람의 마음을 꿀 송이같이 달게 한다.(잠16:24)

"즐거운 마음을 가져라"

항상 기뻐하며 즐거워하면
뼈를 마르게 하는 마음의 근심이 사라진다.(잠17:22)

처방전대로만 살아가면 되는 것이요
돈 들여 약을 지을 필요도 없고
그 약을 마실 필요도 없다.

(2010. 3. 28)

*우리 회는 아브라함선교회며 수원제일감리교회 65세 이상 남자면 누구나 들어올 수 있는
선교회이며, 회장은 이광직(李光植) 권사님이다.

소나무 숲길 걸으며
- 융건릉 산책로 따라

꽃 피고 지는 산, 화산(花山)이
이름과는 달리 소나무 숲이 되었구나
꼿꼿이 힘주어 서있는 모습보다는
이리저리 몸 굽혀 숨은 모습 정겹다.

산줄기 따라 이어지는 토성의 흔적
소나무 숲길 걸으며
쌓이고 쌓인 너의 사연, 그립고 아쉬운 나의 몸부림
당장 누워 뒹굴어 본다.

스쳐가는 산새소리 대왕님의 큰 뜻 잠재우고
자욱한 이내(嵐氣, twilight), 너와 내가 하나 되어
걷고 싶은 바람이 이루어져 기쁘고 즐겁구나

(2010. 3. 20)

*토성-수원고읍성(水原古邑城)
*대왕-건릉(健陵)에 모신 조선 제22대 정조대왕(正祖大王)

04
가장 아름다운 기다림

나이 들어 늙어지니

나이 들어 늙어지니
눈과 귀 어두워지고
몸은 이리저리 기운다.

눈은 가까운 것보다 먼 것이 잘 보이니
당장 급한 것 보며 살아왔으나
눈을 들어 멀리 나의 도움 바라보며 살라는 것인가

귀는 작은 소리보다 큰 소리 잘 들리니
주변 잡다한 소리 들으며 살아왔으나
태초로부터 들려오는 소리 들으며 살라는 것인가

몸은 지팡이 없이는 이리저리 기우니
누구의 의지 없이 살아왔으나
지팡이와 막대기로 도우심 받으며 살라는 것인가

(2010. 4. 4)

'아침고요 원예수목원' 둘러보고
—사슴장수대학* 봄소풍 다녀와서

기다림은 아름답다.
나무를 심고 꽃을 가꾸며,
기약(期約) 없는 만남을 기다림.

백두(白頭), 한라(漢拏), 그리고 물가에서
달님, 별님, 그리고 아침 구슬 따라온
꽃, 나무, 그리고 돌
이루어지는 꿈을 기다림.

꽃이 있어 아름다운 것 아니요,
나무가 있어 고요한 것 아니다.
기다림이 있기에 아름답고 고요한 것이다.

"그 등불 다시 한 번 켜지는 날에
너는 동방(東方)의 밝은 빛이 되리라."*
타고르가 알려준 '고요한 아침의 나라(朝鮮國)'

고향집 정원에는 맨발로 뛰어 놀던 어린 시절 잠들고
에덴정원에는 두 가지 마음이 남아있고
하늘가는 길에는
"여호와의 집에 영원히 살리라"*는 소망이 피어 있다.

"네가 나의 꽃인 것은
내 마음에 이미
피어 있기 때문이다."*

축령산(祝靈山) 기슭 향기로운 물가에서
주님은 오늘 여기서도
기다림의 지혜를 넌지시 알려주신다.

(2010. 4. 22)

* 사슴장수대학은 수원제일감리교회 노인대학임
* 인도의 시인 라빈드라나드 타고르(Rabindranath Tagore, 1861~1941)가 우리나라를 위하
  여 지은 시 〈동방의 등불〉에서
* 시편 23편에서
* '아침고요 원예수목원'을 설립하신 한상경 교수의 〈나의 꽃〉 중에서

가장 아름다운 기다림

나무를 심고 꽃씨를 뿌려
자라서 열매 맺기를 기다림
아름다운 기다림이다.

자식 낳아 길러
훌륭한 사람 되기를 기다림
더 아름다운 기다림이다.

주신 일 다 이루고
기쁘고 즐겁게 부르심 기다림
가장 아름다운 기다림이다.

(2010. 4. 24)

나지막한 동산 하나

내 마음 속에
나지막한 동산 하나 있다.

어릴 적 분통 터지면
올라가 돌팔매하였다.

살면서 힘들면
올라가 사방에 소리질렀다.

지금은 할 말 잃으면
조용히 오르며 그걸 내려놓는다.

(2010. 5. 1)

푸르고 싱그러운 잔치

오월의 하늘 아래 어딜 가나 펼쳐진
푸르고 싱그러운 잔치

풀과 나무는
티 없는 마음, 향기로운 꽃 간직하고 다투어 모여들고

새와 나비는
고운 가락, 밝은 몸짓 지니고 날렵하게 날라 든다.

솜씨 따라 그림으로, 가락으로
맘씨 따라 글로, 몸짓으로
불러주신 주인 어른을 찬양한다.

(2010. 5. 4)

애기 물결

이기대공원(二妓臺公園) 해안 길 걷다가 너른 바위에 앉으니
동백섬, 광안대교(廣安大橋), 오륙도(五六島) 오가는 배가 보인다.

잔잔한 엄마 품에서 애기 물결이 바위 머리를 건드리니
하얀 실타래로 숨소리 지으며 고요를 흔든다.

저 애기 물결, 비단 물결이
어린 내 마음에 궁금증 풀어 주었고,
아쉬워 타는 가슴 달래도 주었고,
일깨워 주려는 뜻 깨닫지 못해 때려도 주었다.

오늘은 왜장(倭將)을 품고 물에 뛰어내린
두 여인의 의로운 물결이 가슴을 울린다.

(2010. 5. 9)

*이기대공원은 부산에 있으며, 1850년 동래좌수사 이형하(李亨夏)가 펴낸《동래영지(東萊
營誌)》에 좌수영 남쪽 15리 산 위에 두 기생의 무덤이 있다는 기록을 기초로 향토사학자
최한복(崔漢福, 1895~1968)의 연구로 임진왜란 때 왜장을 취하게 한 뒤 물에 떨어져 죽은
두 여인의 무덤이 있다는 사실을 바탕으로 조성한 공원

오동나무 꽃

초여름 산들바람에 그윽한 향기가 스친다.
반가워 둘러보니 잡목 사이 오동나무에
보라색 꽃이 피어 나무 아래 떨어진 꽃을 집었다.
안마당, 뒤안길, 그리고 밭둑에서 쫓기다가
산자락 잡목 사이에 숨어 살면서 향기를 풍겨주는구나
"오동나무는 천 년이 되어도
항상 곡조를 간직하고 있다"
몇 송이 식탁 위 접시에 물 띄워 놓으니
온통 어린 시절이 그리움 되어 가득하다.

(2010. 5. 18)

---

* 오동나무는 천 년이 되어도 — 상촌(象村) 신흠(申欽, 1566~1628)이 지은 시의 일부

桐千年老恒藏曲 梅一生寒不賣香(동천년노항장곡 매일생한불매향)
月到千虧餘本質 柳經百別又新枝(월도천휴여본질 유경백별우신지)

오동나무는 천 년이 되어도 항상 곡조를 간직하고 있고
매화는 일생 동안 춥게 살아도 향기를 팔지 않는다.
달은 천 번은 이지러져도 그 본질이 남아 있고
버드나무는 백 번 꺾여도 새 가지가 올라온다.

아는 것 신나게 손들 때

사슴장수대학 가는 날은
며칠 전부터 기다려진다.

복습 예습을 하노라면
어린 시절로 돌아간다.

모르는 것이야 모르지만
아는 것 모르는 척하긴 어렵다.

아는 것 신나게 손들 때
몸은 늙었으나, 낡지 않은 것 같다.

(2010. 5. 20)

*사슴장수대학은 수원 제일감리교회 안에 65세 이상 노인들이 다니는 대학임.

6월의 이른 새벽

사월 열아흐레 새벽 달 은색의 얼굴로 따라온다.
하늘은 더 없이 맑고 바람은 고운 손길로 어루만져 준다.
숲 속 어디선가 정겨운 뻐꾸기 노래,
아카시아 꽃 먼 옛날의 고향 길,
따끔따끔 찔려도 아프지 아니한 찔레 순,
아름답고 찬란한 이 새벽 초대 받아 걷는 기쁨.
꿈보다 더 아름다운 6월의 이른 새벽
아무래도 혼자 걷는 건 아닌 듯하다.

(2010. 6. 1)

일하며 살련다

오늘도 하릴없이 걷다 보니
버드나무 아래 흐르는 작은 시냇물
물가엔 노랑 꽃 창포 세 꽃잎
덥석 앉아 지나는 사람을 본다.

저렇게 즐거운 마음으로 오가는 귀족의 후손,
여유로움이 흐르는 선비의 후손,
나는 모두모두 아니요,
일하면서 살다 간 분의 후손인가 보다.

공원을 거닐던, 산을 오르던, 번화가를 지나던,
이 사람 저 사람 어울리질 못하니,
나는 노는 것이 더 어렵구나
아는 대로, 배운 대로 일하며 살련다.

(2010. 6. 4)

일하러 간다

일손 놓고 편히 쉰다
말이 그렇지
그리 쉬운 일 아니다.

어딜 가나 덥석 어울리질 못하고
허구한 날 서둘 일 없고
산도 들도 힘없이 걷는다.

이제는 일하러 간다
숙인 고개 들고 걷는 걸음
양 겨드랑엔 날개가 돋는다.

(2010. 6. 10)

난(蘭)꽃을 보며

창가에서 주인* 잃고 호젓이 자라
꽃대 하나 올라와 연두색 선명한 얼굴로 웃는다.
말없이 품었던 고운 꿈을 진액(津液) 방울 지우며 피어나
청아(淸雅)한 향기로 이야기한다.
잎은 하늘로 솟아오를 듯, 땅으로 휘어질 듯
올곧은 선비의 깨끗한 삶인가 보다.
잔돌 사이에 뿌리내리고 안으로만 참고 살아온 세월
외롭고 힘든 영혼을 소생(蘇生)시켜 주는구나.
꽃이 다 지고 대궁이 누러지니
다시 꽃 달린 대궁이 어린아이 눈초리같이 솟아오른다.
잎줄기는 곧으면서도 미풍(微風)에 두근거리며
숨겼던 이야기로 따가운 여름 햇빛을 함께 견디어내자고 한다.
세상일 다 그렇듯이 뉘 정성으로 숨은 꿈을 길러
오늘 이렇게 그윽한 향기 풍겨 주는 것인가
혼자 보기에는 너무나 분에 넘치도다.

(2010. 7. 5)

*주인 — 벽봉 이재환(碧峰 李載環) : 수필가며 법무사

까치수염을 보며

서둘러 광교산 오르다가 만났다
다소곳이 고개 숙인 까치수염을

알고 있는 서로의 이야기
송이송이 타래지어 핀 흰 꽃

어린 시절 까치수영이라며
고픈 배를 채워 주었지

능선 따라 흐르는 노래
넘치는 친근한 얼굴

숨찬 발걸음 잡아
덥석 앉아 꿈을 꾼다.

(2010. 7. 10)

그늘

점심때면 직원들과 발 가는 대로 식당에 갔다가
혼자 '신나무실' '살구골' 아파트 마을 돌아
꽃피는 회화나무 가로수 아래를 걸어
'영통공원' 느티나무 그늘 아래 긴 의자에 앉아
한여름 따가운 햇빛 더위 속에 흐르는 땀을 식히자니
나무를 심은 사람도, 기른 사람도 모르지만,
그분들이 고마워진다.
어디 그뿐이랴
길러주신 어버이의 그늘,
그 얼마나 많은 이웃들의 그늘이
힘겨운 삶의 길에서 편히 쉬게 하여 주었던가
그늘은 사랑이다.
주변의 여러 이웃의 그늘 아래
모르는 순간마다 사랑을 받고 있구나.

(2010. 7. 12)

나바위성당 둘러보고

정겨운 화산(華山) 중턱에 자리한 '나바위성당'

성 김대건 신부님 중국에서 사제서품을 받고
어둡고 고요한 조국에 돌아와
빛을 전하는 첫발을 디딤을 기념하여 세운 성당

산마루 위에는 금강(錦江) 따라 너럭바위(나바위, 羅岩) 덮여 있고
어느 신부님 자주 찾아 금강 굽어보던 자리에 망금정(望錦亭)

자그마한 산에 온통 십자가의 길
신앙의 선배님들 손길 발길 마음길.

(2010. 7. 18)

05

넘쳐흐르는 물을 보며

한여름 밤

숨이 막힐 듯 무더운 밤
삼층 평평한 지붕 들마루 위에 누웠다.

여기 저기에서 바람이 찾아와
시원하다 못해 추워 이불을 덮었다.

얇은 구름 사이로 보이는 별들
할머니 들려주신 짚신할머니 짚신할아버지
견우와 직녀의 연모, 이어지는 사이에 새벽이 열리니
한여름 밤 하늘은 내 어릴 적 고향이다.

(2010. 7. 21)

넘쳐흐르는 물을 보며

광교산 초입 사방(沙防) 댐
넘쳐흐르는 물을 보며
구름에 가린 산과 하늘을 본다.

내 작은 바람으로 쌓아 올린 제방
넘쳐흐르는 주님의 은혜
하늘보다 산보다 높고 넓어라.

쉴새 없이 넘쳐흐르는 물소리
숲 속에 새들의 노래
그 은혜 찬양하는구나

(2010. 7. 24)

백일홍 꽃을 보며

이른 새벽 숙지공원
백일홍 만발하였다.

담갈색(淡褐色) 매끄러운 줄기
가지마다 자줏빛 꽃

길둥근 잎 마주보며
다섯 잎 잔 꽃송이 둥근 뭉치(圓錐)

여름부터 가을까지 오래 피어 백일홍(百日紅)
또는 배롱나무 꽃, 자미화(紫微花), 파양수(怕痒樹)

무더워 한밤 잠 설친 눈에
샛별처럼 빛나는 네 모습.

(2010. 7. 25)

양평 청계산 오르내리며

맑은 물 흐르는 골짜기 숲 향기 그윽한 이름
청계산(淸溪山)은 과천 청계산(618), 포천 청계산(849),
상주 청계산(877), 양평 청계산(658) 네 군데나 있단다.

국수역(菊秀驛)에서 안내판 따라
울창하게 우거진 숲길 걷다 보니
국수봉(菊秀峰), 국화꽃 빼어나게 아름다운 봉우리였을까

건장한 할머니와
산 이야기며 살아온 이야기 주거니 받거니 걷다 보니
형제봉이요, 또 정상이다.

훈훈한 어머님의 품속 같은 맑고 깨끗한 길
야생화 정겹게 반겨주고, 맨드래미, 봉숭아, 채송화, 백일초
어린 시절의 즐겨 보던 꽃들 피곤을 풀어주는구나.

(2010. 7. 31)

그리움이 있기에

여름 밤 하늘에는
그리움의 이야기 이어진다.

별 따라 가다 보면
할머님의 숨소리가 들리고

구름 따라 흐르다 보면
어릴 때 뛰놀던 또래들 보인다.

강이 있고 산이 있어
정겨운 발걸음 몸에 와닿는다.

그리움이 있기에
더워도 더운 대로 지낸다.

(2010. 8. 5)

추읍산 오르내리며

정수리가 잘라진 듯, 양키모자(Yankee, 美軍帽)인 듯,
특이하게 보이는 산이기에 더욱 오르고 싶었다.
용문산(龍門山) 향하여 읍한 모양이라 추읍산(趣揖山 583)
정상에 오르면 양근, 지평, 여주, 이천, 광주, 장호원 등
일곱 읍이 보여 칠읍산(七邑山)
어느 일제관리(日帝官吏)가 '추'를 발음 못해 주읍산(主邑山).
나무 짐 지고 다니던 정겨운 길을 한참 오르고
큰 소나무 즐비한 산림욕장을 숨가쁘게 오르며
힘 다할 때면 일곱 달 외손녀 용쓰는 모습 떠올라
힘을 받아 정상에 오르니 잡초 무성하다.
백운봉, 용문산, 고래산, 원적산, 천덕봉, 양자산, 반겨주고
남한강 줄기가 조용히 보인다.
올라온 길 되돌아 내려오자니 몸과 마음이 후련하다.

(2010. 8. 9)

* 외손녀는 임연희(2010년 1월 4일생)

한여름 밤의 꿈

앞이 보이지 아니하는 캄캄한 밤
지나는 사람들 날 피해 수군거리며 스쳐 간다.

보이지 아니하는 사람에게 수 없이 말하여도
들어주는 사람 없다.

고개 들어 하늘 보니 주먹만한 북두칠성 일곱 별이
다 익은 과일처럼 떨어질 듯하다.

집에 돌아오니 아내와 아들은
여느 때와 같이 기다리고 있다.

(2010. 8. 13)

소나기 삼형제

기상 특보로 먼 산을 못 가고
광교산 오르다가 국지성 폭우(局地性 暴雨)를 만나
일찍 하산하여 팔달산 화양루(華陽樓)에 올랐다.

멀리 검은 구름이 천둥 번개를 치며 비켜가더니
난데 없이 소나기가 들이닥쳐 비를 뿌려
오래간만에 추녀 물소리를 정겹게 듣는다.

큰 사랑방에 앉아 듣던 어린이가 되어
고향으로 달려가 혼자 기쁘고 즐거운데
소나기 삼형제 중 막내는 끝내 오질 않는다.

(2010. 8. 14)

까치와의 대화

늦은 오후 팔달산 화양루(華陽樓)에 올라 앉아
홍송(紅松) 알몸 향기 속에 잠겼는데, 까치 한 마리가 다가와
내일이 칠석(七夕)인데 웬일인가 묻기도 전에
"할아버지, 몇 년 전부터 은하수(銀河水)에 올라가지 않아요" 한다.
견우(牽牛)와 직녀(織女)가 애타게 기다렸을 텐데 어떻게 만날까
"새로운 다리가 놓였어요" 하기에, 안도(安堵)의 숨을 쉬는데
"그들은 만나지 않는데요. 견우에게는 여친이, 직녀에게는 남친
이 생겼대요" 한다.
부지런한 목동(牧童) 견우와 길쌈 곱게 짜는 규수(閨秀) 직녀,
기특하여 촌장들 모여 시집 장가를 들였는데,
하도 게을러져 은하수 양편에 갈라져 살되,
일년에 한 번 만나게 했는데,
그들이 안타까워 까마귀와 까치가 올라가
뗏장으로 은하수에 징검다리 〈오작교(烏鵲橋)〉를 놓아 주었고,
그들은 반가워 눈물 흘려 땅에는 비가 되어 내렸는데
그렇게 되었구나.

(2010. 8. 15)

---

*남친 여친—남자 친구, 여자 친구의 새로 만들어진 말.

영인산 오르내리며

예로부터 영험(靈驗)하다고 영인산(靈仁山 364)이라 불렀단다.
긴 숲 능선길 힘들게 올라와 멀리 정상과 두 봉우리 바라본다.
골짜기로 내려가 성벽 곁으로 설치한 사다리 타고
잘 다듬어진 돌로 쌓은 긴 세월 지난 흔적 없이 누워있는
영인산성(靈仁山城, 혹은 薪城山城),
가파른 바위줄기 위에 쌓은 성벽을 보며 숨가쁘게 올랐다.

정상 신선봉 배 모형의 전망대에 오르니
아산만(牙山灣) 깊은 바다가 눈 앞이라
긴 항해 끝내고 고향에 정박(碇泊)한 듯 편안하다.

깃대봉을 지나 연화봉(蓮花峰)에 이르니 처음 보는 모습
"민족의 시련과 영광의 탑" 비문에
"역사(歷史)의 시련(試鍊)은 바깥의 비아(非我)로부터 밀려오지만,
그 극복(克服)의 영광(榮光)만은
반드시 이 조국(祖國)의 아(我)만이 거둘 수 있는 법"
반만년 우리 민족이 걸어온 길,
거짓없이 서술한 참된 말을 오랜만에 만나
속 마음이 시원하여 참 잘 왔구나 되씹으며 내려와
아산향교(牙山鄕校)를 둘러보니 잡초가 무성하나
현감 이지함(李之菡)이 이곳으로 옮겼다는 안내판 찾아 읽고,

아산현(牙山縣) 관아 터를 홀로 서서 지키는 여민루(廬民樓),
백성이 백성 중에서 뽑아 백성을 주인으로 모신다는 민주(民主)
임금으로부터 명 받은 사람은 백성을 생각하라는 여민(廬民)
이제 생각하니 우리네 민주(民主)보다는
조상님들의 여민(廬民)이 더욱 우러러 보인다.

수암사 뒤에는 전설을 품고 있는 '어금니(牙) 바위'가 있어
이 고장 아산(牙山)의 이름이 생겼단다.

(2010. 8. 21)

* 영험(靈驗) - 영(靈)검의 원말. 사람의 기원에 대한 신불(神佛)의 영묘한 보람
* 대동여지도에는 영인산(寧仁山)으로 있음
* 비문을 지은이 - 최창규(崔昌圭, 1937. 6. 23) 성균관 관장, 독립기념관 관장 역임.

봉수산 오르내리며

봉황(鳳凰)의 머리를 닮아 봉수산(鳳首山 483.9)인가
임존성(任存城)이 있어 오르고 싶었다.
의각(義覺)이 의자왕 때(656) 창건한 대연사(大蓮寺) 둘러보고
숲길을 따라 물소리 들으며 걷자니 다 떠나고 이 한 몸뿐이다.
풀 말끔하게 깎은 성길, 돌로 쌓은 성벽 아래 절벽,
잡목 빽빽하여 성안을 가늠 못하겠다.
귀여운 노루가 성을 지키다가 뛰어가니 말 나누지 못해 아쉽다
남문 터, 북문 터, 거의 한 바퀴를 돌아보아도 성안은 궁금한데
멀리 예당저수지와 그림 같은 산 아래 동네만 보인다.
임존성(任存城)은 백제가 망한 후 부흥운동(復興運動)의 거점(據
点)으로 삼았으나, 이제는 역사의 이불 속에 깊이 잠들었구나
사람들은 흘러가는 세월 속에 무어란 말인가
다시 일으키려 뜨겁게 모였다가 내분과 침공으로 항복하고
그도 모자라 적국의 명장이 되다니
주저앉아 성돌을 만지며 떠오르는 옛 사람 모습
검은 소나기 구름에 실려 보내며 정상에 올랐다.
사방이 멀리까지 보이니 반가운 산들이 정겹다.
요리 조리 피하며 비를 뿌리고 가는 구름이
예당저수지 위에 고운 무지개를 꽂아놓았다.
급경사길 힘들여 내려오니
대흥현감(大興縣監)이 집무(執務)하던 임성아문(任城衙門)

문 안에는 동헌(東軒)과 서헌(西軒)이 잘 복원(復元)되어 있고
문 밖에는 어린 시절 국어책에서 배워 아직도 생생한
'의좋은 형제'의 이야기와 동상이 있고,
지극한 효자 형제(戶長 李成萬, 李順)의 효제비(孝悌碑)가 있어
불효자의 마음을 무겁게 하여 준다.
산성은 얕은 구름이 이리저리 가리며
좀처럼 온 모습을 보여주지 않는다.

(2010. 8. 28)

---

*임존성 : 백제가 수도를 지키기 위해 쌓은 성인데, 나라가 망하자 복신(福信)과 도침(道琛)
이 주류성(周留城)에서 군사를 일으켜 왜(倭)에 볼모로 가있던 왕자 풍(豊)이 군사 오천
(五千)을 거느리고 돌아와 풍(豊)을 왕으로 옹립(擁立)하여 나당(羅唐)을 상대해 싸웠으
나, 내분과 나당의 공격으로 주류성(周留城)이 무너지고 그 밖의 성이 무너지자, 이곳 임
존성(任存城)은 흑치상지(黑齒常之)가 지키고 있었으나, 당나라 유인궤(劉仁軌)에게 항복
(降伏)하면서 충성(忠誠)을 다짐까지 하여 당나라의 명장(名將)이 되었으나 살해(殺害) 당
하였음.

소문과는 다르다오

여느 때와 같이 주일 오후에 팔달산 화양루(華陽樓)에 올라가며
길가에 흔히 자라고 있는 '며느리밑씻개'를 보며
전해 오는 이야기를 생각하였다.

화양루에 올라앉아 폭우가 지나간 하늘을 바라보다가
비몽사몽간(非夢似夢間)에 시어머니가 나와서
"소문과는 다르다오. 며느리도 내 자식인데
까칠까칠한 잎이라면 따주겠소. 지금이라도 잎을 만져보시오"
한다.

내려오며 잎을 만져보니 날카로운 가시가 있는 줄기와는 달리
잎은 콩잎보다 더 부드럽다.
사람들은 소문을 내고, 그 소문을 듣고는 사정없이 퍼뜨리는구나.

(2010. 8. 29)

매듭

어릴 적 할머니가 저고리 옷고름 매어주면
옷을 벗을 때 한 가닥을 당기면
매듭이 쉽게 풀려 혼자 옷을 벗었다.

내가 혼자 입으려면 고를 내지 못하고 매어
옷을 벗을 때 옷고름이 풀리지 않아
매듭을 풀려고 애를 쓰곤 했다.

나이 들어 살아오면서도
고를 내지 못한 채 매듭을 지어
풀지를 못하고 애를 쓰곤 했다.

내 나이 일흔이 지났는데도
아직도 하는 일이 서툴러
지어놓은 매듭을 풀려면 애를 쓰곤 한다.

(2010. 9. 1)

연비산 오르내리며

옛날 천지개벽(天地開闢) 때 이 산 봉우리만 물에 잠기잖아
제비가 날라다녔다고 연비산(燕飛山 721),
혹은, 멀리서 바라보면 날개 핀 제비 같다고 제비봉이란다.

장회 마을에서 가파른 길 숨가쁘게 오르며
아슬아슬한 바위 길에서 바라보니
살아 숨쉬는 줄 바위며, 아낌없이 향기 내어주는 홍송(紅松),
청옥(靑玉) 같은 강이며,
반갑게 맞아주는 가은산(加隱山), 금수산(錦繡山).

강 건너 산기슭에는 아직도 잠들지 못한 무덤이 있다지
퇴계(退溪)가 이 고을 군수(郡守)로 부임하여 만난
심성(心性) 고운 어린 여인,
"강이 푸르러 새(鳥)는 더욱 희고
산이 푸르니 꽃이 타는 듯하다." (두보의 절구 중 일부)
두보(杜甫)의 시(詩)에서 풍기는 듯한 향기를 지녀
두향(杜香)이라 불러주었겠지

퇴계와 두향의 진솔한 만남을 곱씹으며
정상에 오르니 조각나 산산이 흩어진 잡석들 뿐
산을 둘러보는 것(遊山)도 글을 읽는 것(讀書)이라(遊山如讀書),

보이는 산마다 이야길 들려준다.

비단에 수를 놓은 듯 아름다운 산이라 금수산(錦繡山),
숨어있는 십승지(十勝地)라 가은산(加隱山),
호수로 내려오는 거북 같아 구담봉(龜潭峯),
옥을 깎아 세운 듯하여 옥순봉(玉荀峯),

내려가는 길도 가파르고 진데
눈에 보이는 아름다움 속에서
그리움 비단실같이 이어진다.

깊은 골짜기에서
맑고 밝게 주고받는 이야기
훔쳐 들으며 걷다 보니
구미마을이다.

(2010. 9. 4)

* 천지개벽—하나의 혼돈체였던 하늘과 땅이 나뉘면서 이 세상이 생겼다는 중국 고대의 사
  상. 성경에 나오는 노아의 홍수 때인 듯하다.
* 두보(杜甫, 712~770)—당나라 때 시인. 이태백과 함께 시성(詩聖), 그의 절구 중 일부.
* 퇴계(退溪, 1501~1570)—이황(李滉)의 호. 주자학(朱子學)을 읽고 성리학(性理學)을 크게
  이루어 동방(東方)의 주자(朱子)라 부르며 이기이원론(理氣二元論)을 주장(主張).
* "책을 읽는 것은 산을 노니는 것 같아서 눈길 닿는 것이 다 즐겁다네"(독서여유산 촉목개
  가열, 讀書如遊山 囑目皆可閱)

구름산 오르내리며

아방리(阿方里)에 있어 아방봉(阿方峰)이라 부르다가
구름 속까지 산이 솟아 있다 하여 구름산(雲山 237)이란다.

어릴 적 자고 나면 걷던 황톳길
흙 향기 맡으며 오랜만에 걸어본다.

이제 오르기 쉬운 산이 없어
쉬는 재미로 오른다고나 할까

정상에 오르니 소래산, 성주산, 계양산
아주 멀리서 반겨만 주고 있구나.

검은 비 구름 앞서거니 뒤서거니
오르내리는 길을 비켜준다.

(2010. 9. 11)

06_

내 마음 속 방 하나

맑은 물로 넘쳐 흘렀으면

장마 속 잠시 비 멈춘 사이에
팔달산 오르다 보니
맑은 샘이 터져 길 위를 흐른다.

집중호우처럼 몰려드는 생각들
내 마음 속에 들어가 잘 걸러져
이처럼 맑은 물로 넘쳐 흘렀으면.

(2010. 9. 12)

좋으신 하나님 아버지

시내버스에서 내리어 걷는데
걸음이 왼쪽으로 기운다.

뇌졸중집중관리실(중환자실)에 누워 생각하니
그리도 고운 몸과 마음 불어넣어 보내주셨건만
70이 넘도록 순종치 못하여 얼룩진 몸과 마음임을 고백합니다.

이제 좋으신 하나님 아버지를 노래하며 감사하며
시를 지어 즐거이 외치렵니다.

(2010. 9. 14)

이웃 사랑의 향기

맡은 일에 몸과 마음 사리지 않고
아픈 이웃을 정성을 다하여 보살피는
간호사들.

그들이 있기에 '사랑이라는 말'을 쓰겠노라.
삶과 죽음이 넘나드는 무서운 중환자실
저들이 꽃피우는 '이웃 사랑의 향기' 그윽하다.

하늘나라 중에서도 고운 마음 지닌 사람만 사는 동네
그 동네 살다가 나비 타고 내려온 여인들
하나님의 손길 비켜가지 않으리라.

(2010. 9. 16)

하룻밤 푹 쉬면

회진을 마치고 돌아가는 젊은 의사 한 분
"하룻밤 푹 쉬면 나을 텐데" 독백을 한다.

하만이 요단강 물에 몸을 담기만 하면,
누구나 믿기만 하면, 네 병을 고치리라.

주님의 말씀이나, 선지자의 말씀 같은
의사의 한 마디.

그 말씀 믿고 하룻밤 편히 쉬려고 힘쓰니
고통을 견딜 만하다.

(2010. 9. 20)

똑바로 걷게

주여
불쌍히 여겨 주시옵소서
중풍병으로 왼다리를 저나이다.

나의 저는 모습
반신반의했던 제 믿음의 모습임을 자복(自服)하오니
용서하여 주시옵소서

"이 사람아,
네 죄 사함을 받았느니라."(눅5:20)
말씀하여 주시옵소서.

주여
바르게 믿고 순종하게 도와 주시옵고
똑바로 걷게 하여 주시옵소서

(2010. 10. 1)

분한 일 만나면

살면서 억울하고 분한 일 만나면
"세상에 이런 일이 있는가"
원통(寃痛)해 하거나 분통(憤痛) 부릴 일 아니다.

성경에도 다 있는 일이다.
슬퍼하고 가슴 아파하며 애통(哀痛)하고
불쌍히 여기며 기도할 일이다.

나를 위해
자식을 위해
우리를 위해 애통할 일이다.

(2010. 10. 3)

감사할 뿐

버리고
다 버리고

용서를 빌고
다 용서하고

감사하고
다 감사할 뿐.

(2010. 10. 5)

내 마음 속 방 하나

내 마음 속에 방(房) 하나 있다
견딜 수 없이 아플 때
들어가 고통을 잊는다.

걱정, 근심 다 버리고
내 모든 죄 용서를 빌고
"불쌍히 여겨 주소서" 하면 들어선다.

편안함이 가득
그저 감사할 뿐
큰 뜻이 이루어져 가득한 것 같다.

(2010. 10. 8)

초닷새 달

창을 덮은 담쟁이 잎 사이로
구월 초닷새 달이 반갑게 찾아왔다.

그 넓고 높은 하늘을 지나서
이 좁고 낮은 방안까지 날 찾아왔다.

무소부재(無所不在)하신 성령(聖靈)님
그 고마우신 임의 손길 분명하다.

아파 거동(擧動) 못하는
이 몸과 마음 어루만져 주신다.

이 은혜 감사하여라.
눈물겹도록 감사하여라.

(2010. 10. 12 — 음 9월 5일)

나는 보았습니다

나는 보았습니다.
시월 십삼일 정오
매몰광부* 33명 중 첫 번째로
플로렌시오 아발로스가
매몰된 지 69일만에 구조캡슐 피닉스(불사조)에서
건강하게 나오는 모습을.

나는 들었습니다.
"비바 칠레(만세 칠레)"
"치치칠, 렐렐레, 미네로스, 데-칠레(장하다 칠레 광부여)" 환호성,
교회에선 감사의 종소리, 거리에선 환영의 경적소리를.

나는 보았습니다.
다음날 열시
"모두가 구조된 다음에 나가겠다"던
원로광부 루이스 우르수아 작업반장이 올라오는 모습을.

나는 들었습니다.
위대한 광부의 지도자 우르수아가
"전세계가 기다리고 있던 것을 우리는 해냈습니다."
나라의 지도자 세바스티안 피녜라 대통령은

"당신은 달라졌습니다, 이 일이 있은 후
나라도 달라졌습니다. 당신은 영감(靈感)을 주었습니다."
두 분이 주고 받는 첫마디를,
두 분의 눈물 섞인 국가(國歌)
"순수하구나 칠레, 그대의 푸른 하늘이여…"*
모두가 따라 부르는 것을.

나는 보고 느꼈습니다.
강진(强震)과 해일(海溢)에 뒤이어 닥쳐온
광산(鑛山) 붕괴(崩壞)에서 전원 구출,
위기(危機)를 희망(希望)으로 바꾼 순간(瞬間)
우리 모두에게 주는 희망(希望)과 감동(感動)을.

나는 보았습니다.
하나님이 구원하여 주시리라는 굳은 믿음,
원로 광부의 탁월하고 사랑스러운 지도력,
매일매일 모여 올리는 기도,
모두가 다같이 행한 양보와 희생정신,
대통령과 온 국민, 그리고 가족의 굳은 의지와 인내,
지구촌 이웃의 따뜻한 사랑을.

나는 보았습니다.
하나님을 사랑하는 자들에게는
모든 것이 합력하여 선이 이루어짐이
그들에게서 피어나고 있음을.*

(2010. 10. 14)

* 칠레 광부매몰사건은 2010년 8월 5일에 일어나 광부 33명이 지하 622m에 묻혔다가 69일
  만인 2010년 10월 14일 전원 구출된 사건
* 칠레 국가(國歌)의 한 구절
* 요한복음 9장 3절, 로마서 8장 28절 말씀 참조

너희도 다 나갈 텐데

오는 사람 없어
창문 열면 하늘 멀리
흰구름 한 송이 반겨준다.

기다릴 것 없이
산과 바다를 부르니
하늘도 따라왔다.

끼어드는 '다른 나'를 내보내면
그를 따르는 너희도 다 나갈 텐데
그저 이루어지길 바라며 몸부림친다.

(2010. 10. 17)

아우러진다

낮에는 담쟁이 잎사귀
곱게 단장하고 찾아와
진종일 이야기 나누고

저녁에는 반짝이는 별님
소리 없이 놀러와
정겨운 어린 시절 들려준다.

한결 같은
보드라운 마음결
아우러진다.

(2010. 10. 19)

옛날 이야기를 읽으며

퇴원 후 집에서 옛날 이야기를 읽으며
"휴식이 치료라"는 의사의 말대로 쉬고 있다.

할머님이 들려주신 것, 한 번쯤 어디서 들은 것,
처음 읽는 것이 있다.

힘없고 가난한 사람이 얻은 뜻하지 않은 행운,
닥친 어려움을 이겨내는 슬기로움,
선과 악이 맞서며 펼쳐지는 아름다움,
그저 한바탕 웃어 삶 속에 힘을 주는 시원함이 있다.

매일 일어나는 삭막한 세상일과는 다르게
읽고 나면 빙그레 웃음이 나고
마음이 흐뭇해진다.

(2010. 10. 20)

서두르지도 말고

퇴원하여 누워서 보던 창을 덮은 담쟁이 잎사귀
물들기 시작한 지 한 달이 가까운데도
아직도 물들고 있다.

창틀 잡고 간신히 일어나 파란 하늘 반갑더니
지팡이 짚고 방안을 돌았고
지붕 위 넓은 마당 걸으며 멀리 바라도 본다.

성급한 마음에 조급한 생각으로 괴롭더니
조용히 물들어 가고 있는 잎사귀가
서두르지도 말고 쉬지도 말란다.

(2010. 10. 21)

동네 아줌마

옥상(屋上)에 올라 한 발 한 발 걷는 연습을 하는데
몇 집 건너 옥상에서 빨래를 널며
근심스런 모습으로 인사를 하는 여인

한 동네 오래 살며 보아온 애기엄마
부지런하고 마음씨 고운 젊은 분
오가며 알고 지내던 동네 아줌마

오늘도 옥상에 오르니 그 집 옥상에 빨래가 날려
간신히 걷는 모습 들킬까 두려운데
아니나 다를까 벌써 바라보며 안도의 인사를 한다.

아는 사람 눈에 띌까 옥상에서 걷는 연습을 하는데
어찌나 재빠르게 알아보며 안부를 전하니
인사성 빠른 동네 아줌마가 사람 사는 맛을 내준다.

(2010. 10. 28)

다는 아니네

'동네 아줌마' 시를 지어 보내니
받아본 친구는 곧바로 회답을 주었다.

"밝은 거울은 형상을 살필 수 있는 것이고,
지나간 일은 이제를 아는 길이다."
(明鏡 所以察形 往者 所以知今)*

정곡(正鵠)을 찌른 듯하지만
지나간 나의 행실이 전부가 아니듯이

그대가 알고 있는 그것이
내 모든 것의 다는 아니네.

(2010. 10. 28)

* 명심보감(明心寶鑑) 성심편에 나오는 공자님의 말씀

그걸 못 참고

밤새껏 아픔을 참다 못해
차라리 거두어 달라 원망을 뱉었다.

옥상에서 걸어보니
어제보다 표나게 가볍다.

"아프게 하시다가 싸매시며
상하게 하시다가 고치시나니" (욥기4:18)

믿음 약하여
그걸 못 참고 감사를 잊었다.

(2010. 10. 30)

송홍만 제14시집

기억 속 실오라기 당기면

．

지은이 / 송홍만
발행인 / 김재엽
발행처 / **한누리미디어**
디자인 / 지선숙

．

121-840, 서울시 마포구 서교동 395-13 서원빌딩 2층
전화 / (02)379-4514, 379-4519
Fax / (02)379-4516
E-mail/hannury2003@hanmail.net

．

신고번호 / 제300-2006-61호
등록일 / 1993. 11. 4

．

초판발행일 / 2010년 11월 4일

．

ⓒ 2010 송홍만 Printed in KOREA

．

값 7,000원

．

※잘못된 책은 바꿔드립니다.

．

ISBN 978-89-7969-375-1 03810